Les sciences naturelles de Tatsu Nagata

le cheval

Seuil jeunesse

"On dit que le cheval
est la plus belle conquête
de l'homme! pas si sûr!"

Tatsu Nagata

Le cheval fait partie de la famille des équidés.

cheval

âne

zèbre

mulet
(jument + âne)

bardot
(cheval + ânesse)

zébrule
(zèbre + jument)

C'est un herbivore.

Le petit du cheval
s'appelle le poulain.

La couleur de son pelage s'appelle la robe. Il en a plein de différentes.

alezan

noir

bai

crème

gris

tacheté

blanc

robe de cirque

On a longtemps utilisé
le cheval pour sa force.

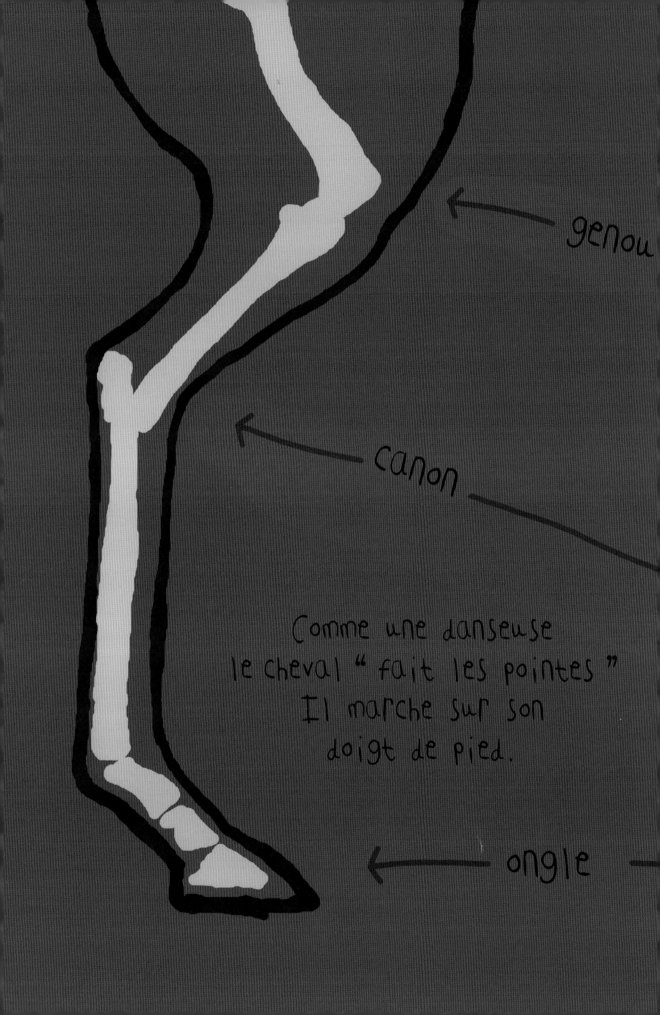

genou

canon

Comme une danseuse
le cheval " fait les pointes "
Il marche sur son
doigt de pied.

ongle

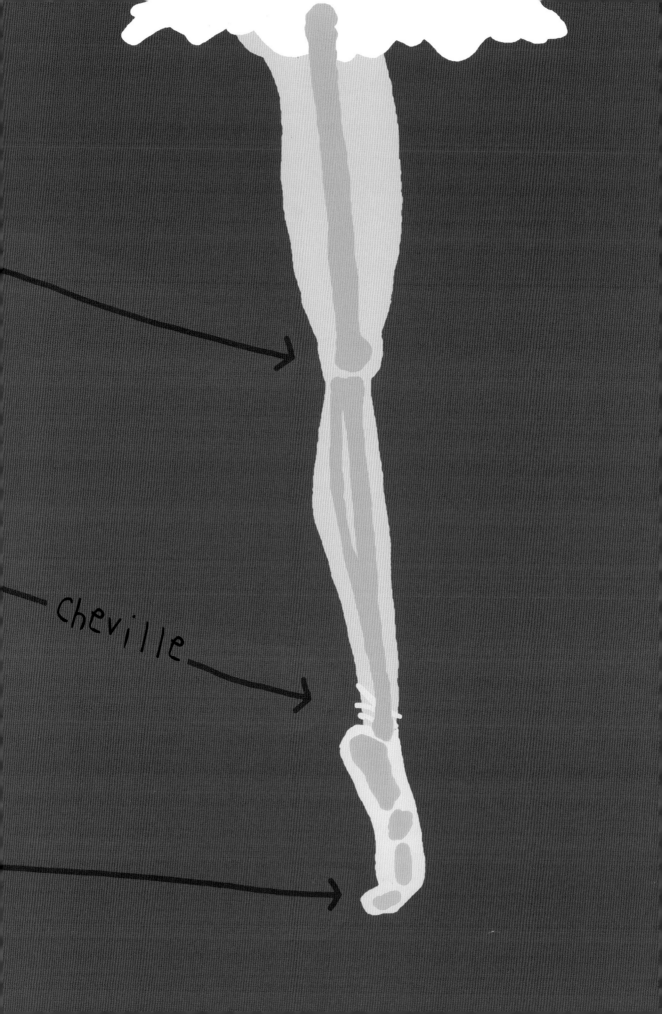

cheville

Grâce à ses pattes adaptées,
il peut dormir debout.

Le poney est un petit cheval.

Les chevaux courent très vite.
Certains sont dressés pour la course.

À l'état sauvage,
ils vivent en harde.